"Le monde n'est pas menacé par des personnes malveillantes, mais par ceux qui permettent que le mal se produise" -Albert Einstein

La Machine du Temps d'Adolf Hitler:

Une Aventure dans le Temps qui Changera le Cours de l'Histoire - Roman Historique

Henry Goldman

Contenu

Avant-propos

Que penseriez-vous si je vous disais que l'Allemagne nazie a réussi à créer un artefact qui leur permettait de manipuler l'espace-temps? Vous me prendriez pour un fou, n'est-ce pas? Mais si c'était quelqu'un qui a vécu à cette époque et qui y a travaillé, et plus encore, s'il montrait toute la preuve palpable au monde, le croiriez-vous?

L'histoire que vous allez lire est l'une des histoires véridiques les plus fascinantes que j'ai entendues et que j'ai découverte par hasard de la bouche de deux survivantes de ce qui s'est passé et détenant la vérité de leur père. Les documents originaux de l'Allemagne de 1940 lui donnent une force unique et fiable.

Nous étions en octobre 2016 et lors d'un voyage d'affaires que j'ai effectué en Allemagne, j'ai rencontré dans le quartier où je résidais deux femmes, l'une d'elles très spéciale, au-delà de son extraordinaire beauté ou du fait qu'elle ne vieillissait pas, elle avait quelque chose qui la rendait unique : son origine. Bientôt, vous saurez pourquoi.

Au fil des jours, j'ai noué une belle amitié avec elles, mais ce qu'elles m'ont raconté un après-midi était fou. De leurs lèvres sont sorties ces paroles : "Nous avons attendu des décennies pour trouver une personne de confiance et nous t'avons enfin trouvé". Jusqu'à ce moment, je n'ai rien compris, puis elle a continué : "En raison de la confiance que tu nous as montrée tout ce temps et de ta conduite désintéressée sans rien attendre en retour, nous te montrerons les preuves d'une histoire que seule une poignée de personnes ont vue dans le monde entier et que même notre famille ne connaît pas". Malgré mon affection pour elles, j'ai ressenti une étrange sensation pendant un instant et j'ai pensé à beaucoup de choses... mais quand elles ont commencé à raconter et à me montrer les documents un par un, tout s'est emboîté et je suis entré en état de choc.

Il s'agissait d'un projet dangereux que l'Allemagne du Troisième Reich avait développé en secret à la fin de 1940 et que personne encore en vie n'avait relaté avec des preuves. Au cours des conversations suivantes et sachant que j'étais journaliste, elles m'ont supplié de réaliser la dernière volonté de leur père de son vivant : que quelqu'un écrive son histoire et révèle au monde la vérité sur l'expérience la plus importante de l'histoire. J'ai accepté sans réfléchir à deux fois, car j'avais déjà vérifié plus de mille pages originales de l'ensemble du projet, et c'était impressionnant.

J'ai consigné au mieux tout ce qu'on m'a raconté et de même ce qui était écrit dans les mémoires de leur père, le protagoniste de cette histoire : le physicien allemand A.R GIRLAND.

On m'a fait prêter serment de ne pas révéler leurs identités principalement pour protéger l'intégrité de leur famille. Ils m'ont également assuré que peut-être plus tard, ils montreraient au monde toutes les preuves tangibles de l'histoire que vous allez lire.

Je tiens à souligner que l'histoire que je raconte est vraie et que je ne révélerai en aucun cas l'identité et l'emplacement des deux femmes ; même si cela me coûte la vie. Je sais qu'elles n'ont pas voulu me montrer le deuxième pilier de documents qui se trouvaient dans la deuxième boîte où se trouve peut-être l'emplacement exact de cet artefact, c'est pourquoi tout cela est si dangereux. Avant de me dire au revoir à la fin de 2016, les larmes aux yeux, elles m'ont dit que ce serait probablement la dernière fois que nous nous rencontrerions physiquement pour des raisons de sécurité, mais qu'elles me feraient savoir par courrier électronique quand elles seraient prêtes à révéler au monde la vérité.

Chaper 1

L. A. R. GIRLAND était un physicien mathématicien au sommet du personnel scientifique du Troisième Reich et l'un des responsables du projet appelé **Tailus,** que la SS-Führung Hauptamt (quartier général de la SS) réalisa secrètement à la fin de 1940 dans les installations souterraines près de Der Riese (Monts des Hiboux). Il raconte à la première personne ce qu'il a vécu lorsque, par éthique morale, il a volé l'invention dont il était l'élément le plus important de l'histoire.

J'ai obtenu une grande partie de mes informations auprès de trois sources, dont deux très proches de lui de son vivant, qui m'ont montré des documents complets, apparemment originaux et scellés, sur cet événement inconnu. La troisième source m'a été communiquée par un proche parent d'un membre important de la SS. Il en faisait partie, Hans Schütz, qui corrobore toute l'histoire.

Le 19 novembre 1940, alors que l'Allemagne est en pleine guerre, les SS, sous les ordres du haut commandement d'Hitler, se lancent dans le projet le plus ambitieux jamais entrepris : créer un système anti-gravité pour annuler la gravité dans leurs navires et gagner la guerre.

Entre de longs essais et des échecs avant de parvenir au succès, le groupe de scientifiques dirigé par le chef de projet, le physicien Walther Gerlach et des collègues tels que M. Girland, Werner Heisenberg, Elizabeth Adler, Emil Masuw, l'ingénieur SS Hans Kammler, Kurt Debung, Romind Ritcher, Otto Cerny et d'autres, a créé un nouveau système pour la première fois.

Girland, Werner Heisenberg, Elizabeth Adler, Emil Masuw et l'ingénieur SS Hans Kammler, Kurt Debung, Romind Ritcher, Otto Cerny, entre autres, créent le premier prototype anti-gravité appelé Die Glocke (la cloche) qui, après des semaines d'essais, est mis au rebut pour faire place à la phase bêta FLIEGENDE UNTERTASSE (le cercle volant) ou **Refhum**.

Cette machine de 1,5 mètre de large et de 2 mètres de haut était la base de tout. Le moteur était fait d'un métal appelé curlu2 ou métal à courant léger, et comme combustible il utilisait un mélange d'hydrogène vierge ionisé, de Xerum 856 et de l'ancien Xerum 525 avec une poudre réactive appelée Diluxy et d'énormes aimants électromagnétiques d'énergie négative tournante et un fort courant de flux avec du Thorium et de l'Iberium, entre autres.

Après des semaines de travail épuisant, le groupe de chercheurs a réussi à créer le premier moteur de propulsion anti-gravité jamais créé, et a réussi à le faire voler pendant 2,4 minutes dans la chaîne de montagnes près de la frontière tchèque. Seul défaut majeur : les réservoirs de carburant n'étaient pas en mesure d'isoler les radiations, si bien que sept pilotes sont décédés dans les heures qui ont suivi. Après ces accidents mortels, des modifications ont été apportées à la dernière phase du Tailus III.

De toutes les Wunderwaffe (armes miraculeuses du Troisième Reich), le résultat final de cette machine sera époustouflant). Après cinq mois d'essais exhaustifs, le 21 mai 1941, dans les monts Owl, près de la mine Wenceslas, dans le sud-ouest du pays, à proximité des frontières tchèques, le test final de l'engin ultime, Mitrus velocity Zeit (la soucoupe volante), a été effectué et le résultat a dépassé l'imagination.

L'objet s'est élevé à une vitesse incroyable, mais après quelques minutes dans les airs, il est devenu incontrôlable et s'est effondré, provoquant une forte explosion.

Alors que nous nous approchions de la zone du complexe Sokotek, le chef SS Heinrich Himmler entre nous, nous avons été témoins d'un phénomène qui nous a stupéfiés : un tourbillon spatial d'un mètre de large et de deux mètres de haut, juste au-dessus de l'endroit où reposait l'épave du vaisseau. Mais qu'est-ce qui l'a provoqué ? Après déductions, l'équipe de physiciens expérimentés est arrivée à la conclusion que les aimants et une partie du système anti-gravité ainsi que le combustible plasma très puissant (Xerum 525, Xerum 528 et Xerum 09) sont entrés dans une sorte d'implosion créant une sorte de vortex... Mais cela n'a pas duré longtemps, quelques secondes plus tard il s'est évaporé sous nos yeux, ne laissant qu'un bruit électrique et des soldats morts autour.

Plus qu'un échec, il s'agit d'une grande réussite : l'avenir de la machine à voyager dans le temps.

Après cette mégadécouverte accidentelle, les SS, sur ordre du Troisième Reich, ont annulé le projet Tailus III et se sont concentrés sur cet événement : la création d'un autre vortex spatial ou, comme l'a appelé Albert Einstein, d'un pont qui, en d'autres termes, serait un trou de ver ou un raccourci permettant de voyager entre l'espace et le temps.

L'idée était d'embarquer pour un voyage dans le futur et de pouvoir apprendre les événements du déroulement de la guerre, puis d'analyser les erreurs du passé afin d'appliquer la stratégie parfaite et d'éliminer l'ennemi.

4

Comment ne pas se souvenir de cette époque où je travaillais sous pression dans ces cinq complexes souterrains glacés de Riese, anciennement annexé à l'Allemagne et aujourd'hui province polonaise de Basse-Silésie.

Quelques jours après l'explosion, un SS est arrivé sur le lieu de travail, et ce n'était pas Himmler. Il avait reçu l'ordre de quitter le complexe de Riese et de s'installer dans une base souterraine secrète située à 22 km de là. Je me souviens que nous étions 55 dans l'équipe ; des physiciens nucléaires, des théoriciens, des ingénieurs, des mathématiciens, des techniciens, les esprits les plus brillants d'Allemagne. L'ordre était clair : reproduire l'événement tel qu'il s'était produit.

Lorsque le vaisseau a implosé dans la forêt, nous savions que ce vortex était une sorte de membrane spatio-temporelle expliquée par Albert Einstein dans sa théorie de la relativité et approuvée par la plupart de nos physiciens.

Lorsque nous sommes arrivés au nouveau complexe, nous n'avons pas été autorisés à en sortir vivants tant qu'il n'était pas terminé, disait un bulletin signé de la main d'un Hitler désespéré qui se faisait de plus en plus d'ennemis sur de nombreux fronts.

La base s'appelait (Plaizt), ou séjour, et était une base militaire top secrète.

Chapter 2

Le 16 août 1941, nous sommes arrivés au nouveau complexe souterrain. J'ai été impressionné par l'énormité de ses murs de béton d'un mètre de large et par l'immensité des installations dans lesquelles se trouvaient toutes sortes de matériaux pour le projet. Il était divisé en spécialités et en zones.

Et il y avait une haute surveillance, des hommes avec leurs fusils MP40 reconnaissables entre tous et habillés en noir, pas l'uniforme classique des SS ou de la Gestapo. Je n'ai jamais pu déterminer à quelle agence secrète ils appartenaient, car ils ne donnaient pas d'ordres par la voix mais seulement par des signes, mais ils inspiraient certainement la peur et le respect.

C'est ainsi que commença la grande mission de ce treillis. À la fin du mois d'octobre 1941 et après des milliers d'essais, l'expérience avait été menée à bien : maintenir un minuscule tourbillon spatial suffisamment longtemps pour altérer les murs du temps, ou comme l'appelaient mes collègues spécialistes de la physique quantique : "le voisin qui épie son mur pendant que tout bouge", et ils expliquaient qu'à l'extérieur de ce chemin spatio-temporel qui se déplace à vitesse constante, à l'extérieur sur les murs des fils du temps, des copies de tous les événements attendaient et restaient statiques, de sorte qu'il était possible de revenir en arrière et d'aller de l'avant. Et c'est là qu'il voulait aller.

Le 3 novembre 1941, nous étions tous en train de célébrer la création d'une porte temporelle et de son vortex, sans aucune marge d'erreur.

Le premier engin qui a permis tout cela était composé de plusieurs éléments : une arche en forme de porte de six pieds de haut sur quatre pieds de large, avec une pointe de diamant au sommet. Il était fixé au sol par deux lourds électro-aimants chargés négativement.

L'arc était constitué d'un matériau métallique que nous avons appelé Varmpul-licht 02, qui était chargé de maintenir l'énergie active tout au long de l'arc grâce aux capteurs électromagnétiques qui l'entouraient. Puis venait le plus important, le deuxième objet : le rayon laser d'énergie négative ou substance X, qui servait à déchirer l'espace-temps uniquement dans l'arc et à lui donner de la stabilité, sans provoquer d'explosion ou d'absorption de matière depuis l'extérieur, ce qui le rendait dangereux.

Le mélange de plasma et de carburant qui avait provoqué la première implosion et créé le petit tourbillon dans la forêt a été jeté en raison de son risque radioactif. Mais grâce à cet événement, il a été possible de trouver la substance X, qui était responsable de l'absence de fermeture des volets du vortex, de l'entrée à la sortie. La poutre, comme nous l'appelions, mesurait 1,20 mètre de haut et était constituée de centaines de minuscules capteurs, malléables à la pointe, et l'énergie qui la faisait fonctionner avait été placée dans une tablette cylindrique allongée, semblable à une batterie, qui était insérée à l'arrière de l'objet... elle comportait également une commande de commande de commande de commande sur le côté.

Il était temps de découvrir l'efficacité de la machine. C'était si clair dans mon esprit. C'était le vendredi 26 septembre, dans ce solide bunker, et à notre grande surprise, le premier groupe d'humains à passer dans le passé est arrivé. Il s'agissait de huit garçons juifs, âgés d'une vingtaine d'années au maximum, contraints de le faire sous **peine de** mort s'ils refusaient. Je me souviens des paroles de notre chef Walther Gerlach : "Mettez les gaz 1 et 2 à mi-puissance latérale et tout le monde à son poste de contrôle". Le jeune Volker Luthum (ingénieur en mécanique et en électricité) était chargé de cette action. Il évoque dans mon esprit le son électrisant de ce spectacle. Le faisceau chargé d'énergie exotique émettait un rayon de lumière presque invisible à son extrémité, comme du plasma, et était projeté dans cet arc, arrêtant et déchirant l'espace-temps sous la forme du portail vertical en l'espace de quelques secondes. Une fois allumée, l'agent Miller, représentant des SS, s'est exprimé en ces termes : "Vous êtes des salauds", en référence aux Juifs. - Si vous ne revenez pas dans une heure, vous disparaîtrez de ce côté". Il s'agissait manifestement d'une tactique psychologique visant à les effrayer afin qu'ils reviennent dans ce laps de temps (c'était la première matière qui passait par le courant qui frôlait les murs du temps).) Le tableau analogique était marqué 14 février 1919, et ils devaient revenir pour s'assurer de manière palpable que le projet avait été un succès de l'autre côté, "c'est-à-dire" que l'artefact vous emmenait réellement dans le passé ou dans le futur.

Sous nos yeux, le premier jeune homme a commencé à faire le premier pas dans le vortex vertical..., une partie de son corps est devenue transparente puis a disparu de l'autre côté, et ainsi les uns après les autres sont passés dans le même schéma. L'équipe était consciente de sa spécialité, tandis que l'appareil fonctionnait, afin que rien ne se passe mal. Le chronomètre se met à tourner... une heure, deux heures, quatre heures, cinq heures, et personne ne revient. Impatient et furieux, l'agent SS en charge à l'époque de Heinrich Himmler a poussé un juron en l'air, puis est sorti par une porte de l'enceinte en tapant des mains sur les murs. Nous étions tous inquiets de savoir si tout fonctionnait vraiment de ce côté-là ou si la matière passagère était simplement détruite. C'est quelque chose que nous ne savions pas jusqu'à ce moment-là.

En un instant, dans la zone de test où nous nous trouvions, la porte a frappé, et c'était Miller avec un groupe d'hommes qui tenaient un militaire allemand, peut-être un garde de bas rang du même bunker à cause de son uniforme, et ils l'ont menacé d'entrer dans le vortex d'énergie et d'enquêter sur le lieu et la date où il se trouverait, et de revenir dans une heure. Le soldat a accepté avec crainte. On lui a donné un chronomètre et une arme, et nous avons tous attendu à nouveau. Une heure exactement s'est écoulée et quelque chose est apparu de ce côté du vortex rougeâtre, comme un miroir grossissant, et c'était le même soldat, sain et sauf.

Tous les scientifiques de l'équipe étaient ravis, mais lorsque nous avons demandé à cet agent SS furieux où il était allé et à quoi ressemblait l'endroit, nous avons été envahis par la peur. Le soldat a répondu : "C'était plein de forêts, alors j'ai marché pendant environ vingt-cinq minutes, mon arme à la main, et au bout d'une colline, j'ai vu que parmi les arbres cachés, il y avait beaucoup de vieilles maisons et des hommes avec des haches, habillés en vêtements francs, ce qui n'est pas le cas de nos jours. Le visage de cet homme (SS) s'est tourné vers l'un d'entre nous et a dit d'un ton menaçant, en posant la main sur son pistolet PARABELLUM P08 qu'il portait à la ceinture, n'est-ce pas à la date de 1919 que le soldat a dû se rendre ? Notre chef Werner nous a expliqué que c'était peut-être dû à un décalage dans le courant temporel des volets et que s'il nous donnait une semaine de plus pour l'ajuster, ce serait suffisant (les volets étaient la partie latérale de l'énergie exotique qui ouvrait tout le vortex et l'empêchait de se refermer).

L'agent lui a dit que si une telle action n'était pas menée à bien, sa tête tomberait, mais d'abord celle de certains d'entre nous. De toute évidence, la pression était trop élevée, et l'équipe a donc ajusté de force le courant temporel, en appliquant moins d'énergie dans la pile d'énergie négative. Il y a eu plusieurs expériences, certains soldats ont péri, peut-être parce qu'ils ne savaient pas comment revenir, ou parce qu'ils sont morts de quelque chose de ce côté-là.

Au milieu du 20 avril, nous avons découvert quelle était l'énergie maximale sur laquelle nous pouvions compter pour voyager dans le passé et laquelle pour voyager dans le futur. On n'a jamais su pourquoi l'énergie pour le voyage vers le passé de chaque pile de substance x durait trois voyages et cinq pour le futur.

L'énergie maximale pour voyager dans le passé que nous avions de la substance négative qui allongerait l'entrée et la sortie du trou de ver, était pour 9200 BC. B.C. et dans le futur jusqu'à 10362.

Le complexe 3 de ces installations souterraines était chargé de créer de l'énergie X grâce au combustible et aux **Alutiones** dans un réacteur d'accélération qu'ils appelaient **Entioplasma**. Cette section a été construite sur 35 m de large et 25 m de haut, afin de contenir, en cas d'explosion, la puissance destructrice de cet élément qui, selon les mots de l'un des plus brillants physiciens, Werner Heisenberg et Albur Puh, pouvait détruire le monde entier : Werner Heisenberg et Albur Puh, pourrait détruire le monde s'il entrait dans une réaction en chaîne et n'était pas arrêté.

En décembre 1941, trois membres de l'équipe se sont rendus dans le passé : Sparte, la Grèce et l'Égypte et ont prouvé le succès du projet par des preuves tangibles, et dans le futur à trois reprises.

Sans tarder, tout est présenté au commandant suprême en personne. Le 2 janvier 1942, l'entourage se rend de Berlin à la frontière polono-tchèque.

Chapter 3

Lors de la réception du complexe, Hitler, avec un grand sourire tout au long de son discours, a remercié toute l'équipe pour un tel exploit. Je me souviens de son charisme égocentrique particulier et de son visage sérieux après ce discours. En entrant dans la zone, le **Führer** et son entourage ont tourné en rond et regardé de haut en bas le merveilleux appareil, tandis que son photographe personnel Heinrich Hoffmann prenait des photos.

Puis, ne montrant aucune émotion à la vue du vortex stellaire ouvert, il sourit et dit quelques mots que je n'ai pas pu entendre en raison de ma distance à l'un de ses généraux : Hermann Goring. Il a immédiatement remarqué à dix mètres le passage de Lucas Braver, un de nos techniciens, et son retour avec une fleur de noisetier, ce qui a attiré son attention au point qu'il a même plaisanté. Pourtant, au fond de lui, il savait bien qu'avec cette arme personne ne l'arrêterait et que ce n'était qu'une question de jours pour mettre le monde en désordre. Après quelques visites des zones restantes, il se mit en route pour Berlin.

Quelques heures plus tard, le général Heinrich Himmler a autorisé certains d'entre nous à rendre visite à leurs familles, après plus d'un an sans contact. On m'a également fourni une voiture pour m'éloigner de là. Déjà sur le chemin du retour, alors que je conduisais ma voiture sur la grande route entourée d'une forêt dense près d'Osowka en direction du village de Honch, quelque chose s'est bousculé dans ma tête. J'avais déjà pris conscience des massacres et du génocide d'innocents perpétrés par notre gouvernement, que beaucoup défendaient à cor et à cri. Je savais que si l'Allemagne gagnait la guerre, des centaines de millions de personnes allaient mourir et que j'en porterais une partie de la responsabilité. Je savais aussi qu'avec cette nouvelle invention étonnante, la victoire était assurée pour l'Allemagne.

C'est pourquoi j'ai élaboré un plan suicidaire : voler le gadget à tout prix, même si ma vie ne tenait qu'à un fil.

Après un accueil chaleureux à la maison, j'ai tout planifié sans en parler à ma femme Monik. Je voulais qu'ils partent immédiatement en raison du danger total que cela représenterait si je menais mon plan à bien.

Au cours de la troisième nuit de congé, quelque chose a interrompu ma tranquillité. Alors que je regardais à l'extérieur de la résidence, une voiture privée de la Gestapo circulait dans le quartier. Je n'ai jamais remarqué qu'ils m'avaient suivi une fois qu'ils m'avaient laissé loin du bunker. Mais j'étais sûr d'une chose : ils avaient été envoyés par les SS ou le haut commandement et ne voulaient pas de fuites d'informations. Pendant longtemps, j'ai craint que le projet ne prenne fin, car cette unité ne laissait rien au hasard : elle tuait tout le monde.

Il ne me restait que quelques jours pour rentrer. La date prévue pour la réalisation de la grande expérience qui nous avait été annoncée était le 18 janvier, date à laquelle un groupe d'hommes sélectionnés se rendrait dans le futur pour modifier les événements du conflit. D'ici là, tout serait en place, et toutes les informations de la Seconde Guerre mondiale seraient rassemblées et appliquées à l'époque actuelle pour garantir la victoire.

Sans perdre de temps, j'ai contacté le lendemain un vieil ami français de l'université qui habitait à proximité et j'ai inventé une histoire : l'Allemagne était sur le point de perdre la guerre face aux Russes et je craignais pour ma famille. Je lui ai donc proposé une grosse somme d'argent pour qu'il trouve une maison à louer pour ma famille près de chez lui, dans le nord de la France. Il a accepté sans hésiter.

J'ai alors répété la même histoire à ma femme, qui s'est d'abord montrée réticente, mais qui a rapidement accepté. Le soir même, elle a préparé les documents importants pour le départ. Je lui ai dit que nous partirions pendant que la voiture de la Gestapo était hors de vue, pendant qu'ils patrouillaient les autres maisons de collègues au bout de la rue, et qu'ensuite je reviendrais, pour que ce soit plus facile. Après des heures d'hésitation et de peur, nous avons osé... nos cœurs battaient la chamade tandis que nous avancions avec notre petite fille dans les bras. Bientôt, nous nous trouvons à plusieurs pâtés de maisons de la zone d'action. Cinq cents mètres plus loin, mon ami nous attendait. Dans sa voiture, nous avons discuté de quelques sujets pertinents, puis j'ai dit au revoir à ma famille, leur promettant que nous nous reverrions en France.

Il était déjà tard dans la nuit lorsque j'ai pu contourner à nouveau la sécurité de la Gestapo et rentrer dans la maison. D'une certaine manière, je me suis sentie soulagée. Si je réussissais à faire tout cela, je ne me soucierais plus que de ma propre peau, ma famille serait déjà loin, au cas où ils viendraient les chercher pour se venger.

Les trois derniers jours de congé que nous avions prévus, j'ai rencontré mon meilleur ami et collègue de travail, le physicien Ancel Thurner, âgé de quarante ans. Les réunions avaient lieu dans la cafétéria près de la rue Grüner Baun, après que nous ayons fini de courir, afin de ne pas éveiller les soupçons de la police secrète (Gestapo) qui était susceptible de se trouver dans les parages.

Confier ma vie à mon ami Ancel : Je lui ai révélé le secret parce que nous nous rencontrions. Très nerveusement, je lui ai d'abord dit pourquoi je ferais tout. Son choc a été minuscule quand je lui ai dit que j'allais voler, il a sursauté et a murmuré en tremblant. - Tu es fou, ne compte pas sur moi. Puis il y eut un grand silence, comme le bruit de la dégustation du café dans son gosier. Cette nuit-là, je n'ai pas pu dormir, pensant qu'il allait me trahir et me poursuivre. Mais à ma grande surprise, le lendemain, il est venu courir avec moi, puis au café ; des actions qui m'ont apporté une grande paix et une grande confiance en lui. Le deuxième jour, après une conversation chaleureuse, il a accepté. Il était veuf, célibataire et sans enfant, il n'avait donc pas grand-chose d'autre à perdre que sa précieuse vie.

Nous partagions les mêmes idéaux humanistes et les mêmes goûts, c'est pourquoi nous nous sommes si bien entendus. Nous avons commencé à travailler ensemble en 1931 à l'université de Heidelberg en tant que professeurs et nous sommes devenus de bons amis.

En 1931, le gouvernement allemand a lancé le programme (Köppe) et a commencé à recruter les esprits les plus brillants dans tous les domaines à travers le pays. Nous avons volontiers accepté de nous joindre à eux lorsqu'on nous a demandé de le faire pour le bien de la science. Mais dans les années qui ont précédé le déclenchement de la guerre, nous avons commencé à travailler sur des projets militaires qui ne nous satisfaisaient pas entièrement, mais nous avons continué, parce que, selon nous, fabriquer une arme ne fait pas de vous un meurtrier.

Mais l'horreur est devenue visible lorsque nous avons découvert des génocides de toutes sortes en 1942, y compris des enfants, des personnes âgées et des femmes assassinées dans des chambres à gaz. La plupart de ces événements nous ont doublés, car nous travaillions sur la machine à remonter le temps, si l'on peut dire.

Le 13 janvier, quelques jours avant de retourner au bunker, nous avons élaboré le plan en détail. Nous savions tous les deux que la porte cintrée, fabriquée dans le métal appelé Varmpül-linch 02, ne pesait que 13 kg, plus les deux grands électro-aimants à réaction négative, de 5 kg chacun, soit un total de 23 kg. L'appareil, connu sous le nom de faisceau, pesait 40 kilogrammes avec tous les capteurs... il était généralement retiré d'une base hydraulique aérienne qui le maintenait statique, mais il n'était pas nécessaire de le voler. Bien que nous ne soyons pas des experts de tous ses composants, nous savions parfaitement le faire fonctionner, car nous avions participé à l'élaboration du manuel.

Seulement, il serait impossible de soustraire d'autres piles à énergie négative, de sorte qu'une seule suffirait, qui ne ferait que trois voyages dans le passé ou cinq dans le futur. Selon mon ami Ancel, les cinq piles uniques, mesurant 35 cm de long et 20 cm de circonférence, et compressées à un poids de 5 kg chacune, ont coûté à l'Allemagne la modique somme de 136 milliards de dollars aujourd'hui. En prime, il faut environ cinq mois pour produire l'énergie d'une seule d'entre elles.

Par expérience, nous savions que le vendredi après-midi, la sécurité aux cinq portes menant à la sortie (forêt) était bien moindre, de sorte que nous pouvions sortir et nous échapper. Au total, les trois complexes souterrains, d'après ce que j'ai pu voir, ne faisaient pas plus de 2 km² et comptaient moins de 50 gardes à l'intérieur, au milieu d'une multitude de portes et de tunnels. À l'extérieur, il n'y avait apparemment pas de sécurité, car on avait récemment ordonné de ne pas attirer l'attention et de localiser l'installation. Toute la zone boisée était interdite aux civils, sous peine de mort en cas d'intrusion.

Le couloir du bunker le moins bien gardé de l'extérieur était le numéro trois, c'est pourquoi nous l'avons choisi. Toute l'équipe avait l'habitude de manger à six heures du soir, laissant la zone de test où se trouvait le bijou déserte. Il n'y avait que deux gardes qui circulaient entre un couloir en haut et un autre à une porte menant à la salle à manger, donc en théorie nous pouvions contourner le peu de sécurité qu'il y avait. Le plan à l'intérieur était donc le suivant : voler les deux objets, entre 18 et 19 heures, à la même heure, pendant que tout le personnel scientifique mangeait et que les gardes se dispersaient entre les couloirs. Nous n'avions qu'une heure.

Après mûre réflexion, j'en ai déduit que si, au cours des 300 mètres qui nous séparent de la sortie, plus d'un garde nous voyait, nous devrions utiliser la force. Nous avons accepté le risque. Il fallait tout faire en moins de 15 minutes, du bunker 3 à la sortie en passant par le couloir 3, ou le plan B si nous étions découverts : essayer de s'enfuir sans rien et attendre la mort dans cette zone boisée. Le deuxième grand problème était de sortir rapidement de ce terrain en emportant tout. D'après la carte de la forêt, à environ 25 km d'Ozowka, le plus proche était Iwok et il n'y avait pas plus de 12 km, donc tout s'additionnait. Donc, juste au cas où, le 14 et le 15, nous avons roulé près de l'endroit où nous soupçonnions que se trouvait le nouveau bunker, où nous avions l'habitude d'avoir les yeux bandés, une tactique qu'ils utilisaient pour éviter d'être tracés en cas de trahison.

Le 14, nous avons atteint les bords humides et froids de la zone boisée (Iwok) et laissé le scarabée (cart) dans le feuillage. Tout était délimité par des panneaux "danger no trespassing" et "restricted area". Nous avons emprunté d'innombrables sentiers vallonnés, nous nous sommes perdus pendant quelques heures, mais le jeu en valait la chandelle. Petit à petit, nous avons appris à connaître le terrain, et c'était le même genre de bruits d'oiseaux que nous avions entendus quelques jours auparavant, lorsque nous avions obtenu notre congé et quitté le bunker les yeux bandés. En fin d'après-midi, alors que nous étions sur le point de faire demi-tour et d'abandonner, nous sommes tombés sur le bunker.

Mais comment avons-nous su que la sortie était là, me direz-vous, si nous ne l'avons pas vue parce que de grands arbres obstruaient la vue sur une partie basse de l'endroit ? Eh bien, à ce moment-là, au loin sur la route, par chance, des soldats de différentes agences se sont approchés de nous... nous l'avons déduit de leurs uniformes, et alors qu'ils sortaient de quelques voitures, ils se sont dirigés vers une masse d'arbres qui se trouvait dans cette partie de la route. Nous avons craint qu'il y en ait d'autres dans les parages, nous sommes donc partis immédiatement, mais pas avant d'avoir profité des heures restantes pour chercher, à l'aide de la carte, le meilleur itinéraire où il serait plus difficile de nous attraper.

Et nous avons trouvé, en fin d'après-midi, une pente rocheuse abrupte qui nous permettrait d'atteindre rapidement la voiture numéro un cachée dans le sous-bois, et à quelques kilomètres de là, l'autre intersection de deux routes minières abandonnées, où la deuxième voiture serait pour nous induire en erreur. Et c'est là que nous avons passé plusieurs jours à tester le plan. Évidemment, avec la certitude que la Gestapo ne nous surveillerait pas et découvrirait tout.

Dans l'après-midi, la veille du jour où les SS sont passés devant moi et mon ami à leurs adresses respectives, nous avons conduit les deux Volkswagen aux positions respectives que j'avais mentionnées. Nous avons également laissé beaucoup d'argent à l'intérieur au cas où nous en aurions besoin, deux pistolets et quelques vêtements. Nous avons prié pour qu'aucun patrouilleur ou vandale ne les regarde dans les heures qui ont suivi le cambriolage.

Le 16 janvier 1942, il faisait froid et j'attendais impatiemment dehors le véhicule, peut-être un SS ou un membre de la Gestapo, qui viendrait me chercher à 9 heures pour m'emmener. C'est ainsi qu'une voiture noire aux vitres teintées s'est approchée de moi à cette heure-là. J'ai d'abord été alerté, car j'ai vu qu'elle ne portait pas le symbole de la croix gammée, insigne qui identifie le gouvernement. Mais lorsque l'une des vitres arrière s'est ouverte, mon cœur a battu la chamade, j'ai vu qu'il s'agissait des mêmes personnes qui étaient habillées de sombre et qui gardaient une partie du bunker, celles que je n'ai jamais entendues faire un bruit, seulement des gestes brusques. J'ai eu un frisson rien qu'à l'idée de monter dans cette voiture avec ces quatre hommes étranges à bord, qui ressemblaient plus à des sortes de Polonais qu'à des Allemands.

À mi-chemin, ils m'ont couvert le visage et les oreilles, ce qui a renforcé ma peur au point que je pouvais sentir le pouls dans mes oreilles. Au fur et à mesure que la voiture avançait, je me suis rendu compte que ces hommes étaient plus méthodiques et plus prudents que le reste de la garde SS pour faire quoi que ce soit. Une fois sortis de la voiture, ils m'ont fait marcher environ 50 mètres en direction de la forêt... là, ils ont enlevé mes bouchons d'oreille et l'excitation s'est emparée de moi. Le frottement singulier et la force similaire du vent que je ressentais m'indiquaient qu'il s'agissait du même endroit venteux où je m'étais rendu la veille : et cela me rendait heureux, nous n'avions pas fait d'erreur en entrant dans cette forêt.

A l'intérieur de l'enceinte, mon visage était découvert au début, où une partie de l'équipe m'attendait et je les ai salués cordialement, parmi eux mon complice et ami qui m'a serré la main. En descendant les escaliers en colimaçon jusqu'à la base avec le reste de l'équipe, j'ai compté quatre-vingts marches. En continuant en ligne droite, il y avait une petite voiture électrique qui courait le long du complexe, d'une capacité maximale de dix personnes, qui se déplaçait de la section 1 à la section 3 en une minute, et qui ne pouvait être utilisée que si un garde était avec vous. Alors que je me frayais un chemin dans le wagon, je me suis dit qu'il serait bien mieux de les voler de cette manière, mais j'ai abandonné l'idée lorsque j'ai vu ces hommes armés en noir envahir tout le tunnel. Tenter cela aurait été du suicide.

Les jours ont filé entre les répétitions et les tests... Je me souviens de ces deux derniers jours où, la nuit, j'étais envahie par une peur terrible rien qu'à l'idée d'être découverte, ce qui provoquait dans mon corps des tremblements que je ne pouvais contenir. À un moment donné, j'ai envisagé d'abandonner le projet. Mais je savais que si je ne le ramenais pas vendredi, samedi ou dimanche avec le groupe d'hommes qui allaient étudier l'avenir, il ne resterait plus qu'à faire gagner la guerre à Hitler et à ses alliés.

Chapter 4

Mon ami et moi ne dormions pas dans la même section du complexe, nous communiquions donc en échangeant des informations sur le papier hygiénique de la section des toilettes, côte à côte, puis en le jetant dans les toilettes. Un jour avant tout, nous avons revu le même plan de cette manière.

Chaque fois que je me souviens d'une heure avant l'événement, j'ai une crise d'angoisse qui reste dans mon corps pendant des heures. Le vendredi 18 janvier 1942 a été le jour le plus stressant de ma vie, ce jour m'a semblé éternel, c'était le jour crucial qui allait marquer l'histoire : empêcher l'Allemagne nazie de conquérir le monde et de le tacher de sang.

Je ne connais pas la vérité sur ce que pensaient mes collègues des atrocités que notre gouvernement commettait à l'encontre de nos frères juifs et de nombreuses minorités. Placer un tel sujet dans ce complexe avec cet imprudent SS : cela aurait été un bain de sang de trahison.

Au contraire, certains soldats SS exsudaient leur fanatisme fervent par tous les pores de leur peau. À de nombreuses reprises, j'ai entendu leur haine profonde, mesquine et maladive pour les Juifs. Une phrase constante qu'ils répétaient toujours avec dérision était : "Tue un Juif, viole sa femme et tu seras l'ami du Führer", des expressions qui m'ont évidemment saigné les oreilles. Leur discours typique était sur ce ton, rabaissant et humiliant la figure juive.

Le samedi 18, à 16h30, l'adrénaline a commencé à monter en nous, nos regards se sont croisés. Mon ami et collègue travaillait dans une zone située à moins de 50 mètres, et moi dans la zone de documentation théorique du projet.

Ce que je n'avais pas mentionné, c'est que le projet Tailus III avait de nouveau été activé dans d'autres complexes pour perfectionner le modèle Fliegend Untertasse (soucoupe volante), dont le champ gravitationnel était déstabilisé par le plasma et le mélange lors de la rotation.

Vingt minutes avant que tout le monde ne termine ses activités dans tous les domaines et les projets de test, je suis sorti un moment pour me rendre dans la section des toilettes. Là, mon ami m'attendait, confirmant qu'il était avec moi. De sa longue blouse blanche, il a sorti un long tournevis pointu, signe qu'il s'en servirait en cas de besoin. Il m'a également prévenu que les hauts gradés s'étaient rendus dans l'enceinte voisine, ce qui était un plus. Je l'ai regardé avec incrédulité lorsqu'il m'a montré à nouveau le tournevis sous les draps séparant les toilettes. Je lui ai dit au revoir, j'ai respiré profondément et je suis sorti le premier. Immédiatement après, il a tiré la chasse d'eau et est sorti.

Nous étions déterminés à le faire. J'avais l'impression de marcher dans des trous à cause de l'adrénaline qui circulait dans mon corps, mais j'étais heureux.

Nous avons eu la chance de le faire ce mois-là, alors que la télévision en circuit fermé n'était pas encore opérationnelle. C'est à la fin de l'année 1942 que j'ai appris qu'ils étaient utilisés. Après une réunion protocolaire de Walther Gerlach nous ordonnant d'être prêts aux premières heures du dimanche matin, qui, selon lui, marquerait le début de l'issue de la guerre en faveur du Troisième Reich.

Il était de coutume d'être le dernier à quitter la zone du projet. Je me retrouvais à classer de gros dossiers d'information alors que la plupart d'entre eux se perdaient dans les couloirs en liesse, même les SS disparaissaient. En tant que l'un des principaux responsables du département théorie et plans, j'avais accès à des documents classifiés. Comme il n'y avait personne dans la zone, j'ai ouvert à la hâte les classeurs à la recherche des **Zeitwürfel** (*cubes temporels*) originaux de l'ensemble du projet, j'ai pris les plus importants et, sans que personne ne regarde, je les ai détruits dans un petit incinérateur à papier qui se trouvait à l'arrière-plan. Après cette action, j'ai descendu une épaisse fenêtre en acrylique et j'ai regardé au loin au-dessus des passages métalliques où les soldats montaient la garde.

Pour mon cœur battant, c'était un cadeau, ils avaient quitté leur poste, peut-être étaient-ils à la cantine ou aux toilettes. J'ai ressenti une émotion indescriptible, comme si un ange gardien m'avait aidé. J'ai ramassé l'épais dossier de documents et je suis sorti d'un pas ferme. Dans sa zone, mon ami faisait semblant de terminer ses activités, il m'a regardé et m'a fait un signe, et nous nous sommes dirigés vers l'endroit où tout se trouvait. Nous sommes entrés dans ce lieu béni de 150 mètres carrés maximum, sans fenêtre et aux murs épais capables de résister à une guerre nucléaire. Nous avons ouvert l'immense porte, mon cœur a palpité, j'ai immédiatement saisi la poutre avec force et je l'ai libérée du système hydraulique et électrique, et effectivement, elle pesait environ 40 kilogrammes, comme je l'avais prévu. Comme mon ami était plus costaud que moi, il l'a prise et j'ai démonté la porte cintrée en trois parties, j'ai pris les aimants et nous sommes sortis comme un enfant qui vole un biscuit. Nous avons avancé et, nous sentant invisibles, nous avons traversé horizontalement les interminables couloirs du complexe jusqu'au numéro 3. Et là, nous sommes allés tous les deux à vive allure, bénis soit le ciel, aucun garde n'était visible. Sans reprendre notre souffle et comme par miracle, nous avons atteint les marches 1, 5, 20, 50. 80 marches plus haut, une trappe nous indiquait à nouveau notre chemin ; un petit tunnel, mais c'était la fin, nous ne pouvions pas le croire. Pendant trois cents mètres, nous n'avons pas vu un seul gardien.

Mon ami a quitté la poutre et a regardé dans le prochain et dernier couloir à gauche, qui était la sortie vers la forêt. Naturellement, il y avait un garde SS à la porte d'entrée. Je lui ai donc demandé de s'approcher du soldat et de le tuer avec le désarmeur. Il a d'abord refusé, mais nous n'avions pas le temps, c'était maintenant ou jamais. Juste avant qu'il n'abandonne et fasse demi-tour, Ancel a osé et a tourné le coin tout seul, le soldat lui a crié dessus, je me souviens encore de ces mots froids : "Qu'est-ce que vous faites ici ? Vous n'avez absolument pas le droit de faire ça. "Je vais parler à votre patron maintenant".

Lorsque le soldat s'est retourné pour envoyer une onde radio, mon ami l'a poignardé à la jugulaire et est tombé mollement.

Chapter 5

J'ai immédiatement retiré la mince clé rectangulaire en métal électrique qui pendait à son cou et j'ai ouvert la lourde porte de la chambre forte, regardant dehors avec crainte au cas où il y en aurait d'autres, mais heureusement il n'y avait personne. Je suis d'abord sorti et je l'ai aidé à porter le corps et la poutre dans les huit marches en fer, puis j'ai refermé l'entrée qui ressemblait à un sous-marin, tout en regardant autour de nous, paranoïaques. Et oui, la colline où nous nous étions rendus quelques jours auparavant était visible au loin. Nous avons échangé nos charges et nous nous sommes dépêchés de sortir de là.

L'adrénaline m'a donné des frissons, et tout mon être s'est tendu de nervosité tandis que j'avançais en pensant : Dieu qu'ils ne l'aient pas encore découvert. Nous nous sommes presque évanouis d'épuisement lorsque nous avons atteint la lisière de la forêt et, pour notre plus grande chance, nous avons vu le carrosse que nous avions quitté quelques jours auparavant et qui était intact.

que nous avions quittée quelques jours auparavant, et elle était intacte. Je consultai ma montre à gousset et il ne s'était pas écoulé plus de trente-cinq minutes. L'expérience avait montré que personne n'était revenu dans les zones pendant ce temps. Cependant, je ne sais pas s'ils recherchaient déjà le soldat à l'entrée pour avoir quitté le poste de contrôle. J'ai saisi mon arme, qui se trouvait sous le siège, alors que je conduisais mon ami hors de la route fédérale.

Au bout de quelques minutes, et toujours sans que le gouvernement ne bouge, nous avons atteint la deuxième voiture, et c'est avec une grande excitation que nous avons remonté la poutre et l'étrave, et que nous avons filé sur cette route abandonnée, loin de la petite ville de Honch où j'habitais. Cela signifiait qu'ils ne savaient toujours pas si tout n'était pas déjà bouclé... Mon ami mettait son pied à terre, priant simplement pour que nous ne soyons pas arrêtés par un policier de la route, ce qui ne s'est jamais produit.

Il était 19 heures. Nous étions arrivés sans encombre dans la ville de Wroclaw. Nous nous attendions au pire : que nos visages apparaissent dans tous les journaux allemands, ou que toutes les agences aient déjà commencé la chasse en secret, ce qui était le scénario le plus probable.

Nous sommes arrivés à la maison qui appartenait à la femme d'Alan de son vivant, nous y avons pris une douche et bien que, selon lui, cette adresse ne soit pas connue du gouvernement, c'est-à-dire qu'elle lui soit liée, au cas où, nous avons quitté les lieux et loué un autre endroit, dans un immeuble appelé Schiere. La nouvelle voiture dans laquelle nous avons déménagé était une berline, également la voiture de sa femme. Et pendant que nous restions dans la chambre d'hôtel, nous avons tout laissé dans le coffre à l'extérieur du parking afin de ne pas être liés à lui s'ils le trouvaient.

Tard dans la nuit, nous avons veillé avec nos pistolets Mauser C96 sur la poitrine, alors qu'à certains moments, la fatigue nous faisait fermer les yeux. Au matin, nous avons été surpris de ne pas voir nos visages dans les journaux, mais nous avons remarqué le mouvement inhabituel du gouvernement à chaque coin de rue. Il est certain qu'ils nous cherchaient. D'une manière ou d'une autre, nous étions encerclés. Il était impossible de sortir de là en voiture, car toutes les voitures étaient minutieusement inspectées.

Nous avions peur qu'ils commencent à inspecter l'hôtel, mais un autre miracle s'est produit : le lundi 19 janvier, les fourgons des soldats ont été retirés, ce qui nous a soulagés, mais nous savions qu'il était toujours aussi difficile de sortir de la ville. Nous avons donc élaboré un nouveau plan : cacher l'éclair dans un endroit "introuvable" et, ailleurs, l'arc, et partir immédiatement pour la France. Et c'est ce que nous avons fait. Très tôt le lundi matin, nous avons quitté l'hôtel pour trouver le meilleur endroit pour le faire, en évitant autant que possible les points de contrôle qui inondaient la ville.

Après le déjeuner, à 15h30, nous l'avons trouvé : le cimetière de la ville. Nous l'avons parcouru sur toute sa longueur et, au bout d'une pierre tombale abandonnée, nous avons décidé qu'il serait assez sûr d'y enterrer le rayon temporel et, à l'autre bout, l'arche. Il ne restait plus qu'à aller chercher les objets, à attendre la nuit et à espérer que personne ne nous découvre.

À six heures, nous sommes allés à la voiture et nous les avons mis à l'arrière de la voiture et recouverts de deux couvertures en plastique pour éviter que les capteurs et le panneau de contrôle ne soient mouillés. Ensuite, nous avons roulé jusqu'au cimetière... il nous a fallu des heures pour y arriver en raison des nombreux postes de contrôle militaires.

Une fois sur place, nous avons garé le véhicule loin de l'entrée... le froid et la peur me hérissaient le poil et je ne savais plus où j'en étais. Nous avons tout transporté dans la pénombre jusqu'à la pierre tombale, la seule lumière qui nous guidait était celle de la lune. Sans pioche pour creuser, nous avons commencé une recherche acharnée pour trouver un objet métallique ou quelque chose qui y ressemble ; et finalement une croix, nous l'avons brisée et avons commencé à finir vigoureusement...

pendant un moment, j'ai perdu la notion du temps. Mais le trou était assez profond pour les deux engins et nous décidâmes immédiatement de les laisser là. Nous les avons placés avec soin et les avons recouverts pour que personne ne s'en aperçoive, même les feuilles de l'arbre feuillu qui se trouvaient là étaient de toute façon éparpillées. Je raconte cela parce que le lendemain, nous sommes allés sur place et que les deux engins ne présentaient aucun signe indiquant que le sol avait été remué par l'homme.

Le mercredi, nous sommes restés toute la journée à l'hôtel pour préparer notre départ pour la France. Nous avions assez d'argent pour nous y rendre... nous n'avions qu'une valise avec le nécessaire pour aller vite, afin de ne pas éveiller les soupçons.

Le jeudi 22 janvier, nous avons quitté Wroclaw, et grâce aux contacts d'Ancel, nous avons pu traverser la majeure partie de la Pologne dans des camions-cargos sans éveiller de soupçons. A la frontière allemande, nous avons évité quelques mésaventures en empruntant des chemins de fer encore opérationnels qui nous ont conduits jusqu'aux frontières françaises, le reste serait trop long à raconter. Bref, nous sommes arrivés sans encombre dans le nord de la France, qui était, disons, un État fantoche qui s'est rendu à l'Allemagne et qui a été précédé par le général français Philippe Pétain, puisque le sud avait été pris par la force.

Ma femme et ma fille se trouvaient dans l'un des plus beaux villages de France, Najac, dans le département de l'Aveyron, dont la rue unique est spectaculaire, les maisons magnifiques et les forêts dignes d'un roi. Et que dire du château de Najac, une œuvre d'art.

Mon ami et moi sommes finalement arrivés le 7 janvier 1942. Lui, grâce à son français parfait, a rapidement obtenu un poste d'enseignant discret dans une école rurale située à 25 km du village. Quant à moi, comme mon français était plutôt maladroit, je n'ai obtenu qu'un emploi dans une usine de pâtes alimentaires près du village, c'était dur, mais rien qui ne puisse être enduré. Après tout, ma famille et moi étions en sécurité et heureux là-bas, et c'était la chose la plus importante.

Dans la sécurité relative de ce village français, accompagnés de mon ami, nous avons caché les documents de l'ensemble du projet dans une mallette dans les montagnes de la forêt de l'autre côté de la rivière Aveyron.

Pendant de nombreux mois, j'ai réfléchi à tout, je ne sais pas ce qui se serait passé si l'Allemagne avait gagné, l'engin temporel était manifestement l'arme la plus puissante jamais construite, puisqu'il pouvait changer les faits de tout. Étant moi-même physicien théoricien, j'ai encore du mal à comprendre comment nous l'avons fabriqué. Ce fut un travail titanesque de plusieurs années jusqu'au résultat, bien que je ne sache pas quel était le projet (Tailus III) du vaisseau spatial à anti-gravité dont je faisais partie au début.

Même après avoir volé les documents originaux du projet et détruit toutes les copies, je ne peux pas dire si quelqu'un avait d'autres transcriptions, car la nuit, pendant que je dormais, une minorité de l'équipe continuait à faire des tests sur d'autres projets.

Je n'ai pas voulu entrer dans les détails de la construction de la machine à voyager dans le temps par prudence, mais je ne laisse que la formule temporelle qui permet au voyage d'avoir lieu. Je doute que quelqu'un puisse la comprendre, c'est pourquoi je suis conscient de la montrer. Une si petite formule nous a pris des mois pour la réaliser.

T= t (p1+p2) *(e)*3(5) e5576°=reg1+an3-5= (s1) +x1= (at2).

Chapter 6

Dans tous les documents que j'ai soustraits se trouve l'ensemble du projet, depuis la phase bêta jusqu'à son achèvement. Il comprend le matériel photographique, théorique, les formules, la liste complète des matériaux pour la création du faisceau et aussi les plans de tous les capteurs, il mentionne même la procédure détaillée de la création de la machine et de tous ses composants, les noms de tous les équipements et plus encore (il contient la procédure complète et les éléments pour faire les batteries d'énergie négative et leur mélange).

Pendant les trois années où l'Allemagne a occupé la France, pour notre tranquillité, je n'ai aperçu qu'une seule fois la Wehrmach (armée allemande) du haut du château, près de la rivière Aveyron. En 1944, les troupes allemandes se sont retirées du pays gaulois, puis la coalition a fait son œuvre, donnant le point culminant de la fin de la Seconde Guerre mondiale le 2 septembre 1945. Je ne me souviens plus exactement du jour de la semaine, mais nous avons fêté la nouvelle en beauté avec des dindes à la française et toutes sortes de plats.

Et le temps passe vite. Bien qu'il y ait eu un nouveau gouvernement en Allemagne, ce n'est qu'à la fin du mois de mai 1949 que nous sommes retournés à Berlin, ma ville natale, par peur. Plus de huit longues années d'absence et un retour soudain, évidemment la nostalgie s'est emparée de moi pendant ces semaines, le souvenir du passé et de tout ce que j'avais vécu me donnait la chair de poule.

À Berlin, le quartier où se trouvait la maison dans laquelle je suis né était en ruines. Nous avons donc déménagé dans la petite maison de ma grand-mère, à environ deux heures de route, dans la municipalité de Brieselang. Tous les matins, je me rendais à Berlin où j'enseignais la physique à l'université publique Humboldt de Berlin.

Pour être honnête, pendant toutes ces années, j'ai rarement pensé au projet et à ce que nous avions enterré en Pologne. Mais, au cours de la première année passée en Allemagne, l'épine a commencé à me ronger les tripes. Je voulais remettre la main sur cet appareil, mais retourner seul en Pologne ne me plaisait guère, cela pouvait représenter un grand danger.

De manière surprenante, deux semaines plus tard, un soir, Ancel m'a télégraphié que lui et sa femme venaient à Berlin. J'étais ravi, mon ami connaissait très bien la Pologne, j'allais donc l'inciter à revenir pour reprendre ce que nous avions laissé des années auparavant.

Un mois plus tard, nous étions en route pour la Pologne, sept heures sur des routes escarpées qui nous ont conduits à la belle ville de Wroclaw. Le cimetière juif où nous avons creusé cette nuit de 1941 était encore dans mon esprit. Neuf ans plus tard, tout avait l'air différent, j'ai d'abord eu peur, je pensais qu'il avait été découvert et déterré, mais ce n'était que de nouveaux arbres poussant entre les tombes qui lui donnaient un aspect différent, ce qui nous a d'abord désorientés pour trouver la pierre tombale bénie.

Et nous sommes restés assis dans le mausolée et les cryptes, à bavarder. Au bout d'un moment, le gardien de nuit est passé, ce qui nous a surpris. Avec le gardien, il serait plus difficile d'effectuer les fouilles avec les outils que nous avions dans notre botte. Rien ne nous est arrivé ce jour-là et nous sommes rentrés en fin d'après-midi dans une maison que nous avions louée à un demi-kilomètre de là.

Ce soir-là, mon ami m'a mis au courant... il m'a dit que la plupart des collègues de l'équipe qui participait aux projets Tailus et Zeitwürfel (dé temporel) ont été tués avant que les Russes ne s'emparent des complexes Der Riese, de peur qu'ils ne révèlent des informations à des tiers. Peu d'entre eux ont eu la chance de s'échapper. Ces informations nous ont été communiquées par un technicien peu connu qui travaillait avec nous et qui s'est installé en France à la fin des années 1950, alors qu'Ancel y était encore, et par un hasard du destin, ils se sont rencontrés dans la ville de Lille, où mon ami vivait depuis 1945. Mais, comme cette rencontre était très dangereuse, Ancel décida de partir sans que personne ne l'apprenne le soir même, bien que, selon ses dires, le jeune technicien n'ait même pas abordé le sujet, à savoir que nous étions responsables du vol, mais, de toute évidence, il le savait très bien.

Chapter 7

Nous n'avons plus jamais entendu parler de lui. Peu de chanceux dans le monde ont survécu au secret pour le raconter.

Des jours de recherche nous ont appris qu'il n'y avait pas de gardien au cimetière juif le dimanche, alors nous nous sommes mis au travail. Nous sommes arrivés à l'entrée avec la même méfiance que n'importe quel voleur qui entre chez quelqu'un d'autre sans rien faire. A l'intérieur, lampe à la main, pioche et pelle, nous avons atteint la pierre tombale et, avec une pointe d'adrénaline, nous avons creusé sans arrêt jusqu'à ce que nous ayons atteint le fond.

Une sueur froide a parcouru tout notre être... un coup a signalé la fin, et ils étaient là, intacts, tels que nous les avions laissés. L'humidité et le temps avaient un peu corrodé le caoutchouc épais, mais l'aluminium le protégeait encore. Nous les avons saisis fermement et les avons retirés avec précaution, puis, sans être méthodiques, nous avons recouvert le trou sans nous soucier le moins du monde qu'ils le remarquent, et qui pourrais-je blâmer pour cela ?

Nous sommes partis à toute allure, un peu paranoïaques, en regardant partout. Nous les avons mis négligemment dans la voiture, nous n'avons pas eu le temps de faire quoi que ce soit, et nous avons quitté l'endroit avec la même nervosité que cette nuit-là.

Une fois à l'abri dans la maison, nous les avons observés pendant des heures... nos regards étaient fixés sur chaque détail. Au milieu de ce silence, mon ami m'a demandé pourquoi il ne le laissait pas là pour toujours et ne s'exposait pas à nouveau.

Ma réponse était sincère, bien qu'il l'ait d'abord prise pour une plaisanterie.

J'étais athée et je le suis toujours, mais j'étais passionné par une histoire biblique unique qui se trouve dans la Genèse.

Ma réponse enfantine, si l'on peut dire, a été la suivante : "Je veux aller à l'époque des déchus, pas pour rencontrer Noé parce que l'arche et tout le reste ne m'intéressent pas ; je veux voir de près ce qu'on appelle les néphilims". Papa me lisait cette histoire quand j'étais enfant, c'est peut-être ce qui a influencé mon goût pour cette histoire. Il a ri aux éclats à cette réponse, puis en regardant mon visage apathique, il s'est rendu compte que j'étais très sérieux, "puis il m'a dit d'un ton sarcastique", je ne me souviens pas de la phrase exacte, mais c'était quelque chose comme : "tant de danger d'aller voir les boules de géants, s'ils ont existé ou si ce n'est qu'un mythe".

L'idée d'Ancel depuis le début était de détruire l'invention, il n'aimait pas l'idée de l'avoir autour de lui parce que c'était un grand risque, il savait qu'un reste des survivants nazis connaissaient son existence et ne cesseraient jamais de la chercher. Évidemment, je l'ai convaincu et quelques jours plus tard, nous l'avons emmené en Allemagne. Et il est resté dans le sous-sol de ma maison pendant un an.

Pendant les vacances de Noël 1951, j'ai dit à Ancel que j'avais déjà rassemblé assez de courage pour remonter le temps. Il a tressailli en entendant cela, mais avec mon caractère réticent et têtu, je l'ai convaincu comme d'habitude. Il accepta de m'accompagner à condition que je rende visite à son père décédé en 1920 si cela fonctionnait après onze ans d'inutilisation. Sur sa conviction, je m'envolai immédiatement pour le nord de la France, à la recherche de la mallette contenant tous les documents du projet qui, à l'époque, était encore cachée quelque part dans la forêt près de la rivière Aveyron.

Bien que nous nous souvenions du fonctionnement de base, nous avions besoin d'être guidés par le projet, car nous craignions d'appliquer trop d'énergie aux murs du temps et de provoquer une catastrophe, comme ce fut le cas lors de l'un des premiers essais en 1941. À une occasion, l'énergie a été trop importante et a commencé à échapper à tout contrôle, c'est-à-dire qu'elle a commencé à expulser de l'énergie électromagnétique de l'intérieur et à exercer un champ gravitationnel à l'entrée.

Mais, au-delà du panneau de contrôle qui consistait en un ensemble de vingt-cinq commandes et un bouton d'urgence, la nature des choses est parfois imprévisible... et donc ma peur était latente, au fond de moi je voulais le faire, mais je craignais aussi que quelque chose ne tourne mal, surtout parce que nous n'étions que des théoriciens dans le projet, et si quelque chose devenait incontrôlable, les meilleures personnes pour le faire seraient les ingénieurs qui étaient experts dans le fonctionnement tangible.

De retour en Allemagne et avec les plans en main, j'ai raconté à ma femme la version complète de tout, elle a été choquée, mais ensuite elle a tout digéré, sauf le fait que je fasse ce voyage stupide, sa crainte était qu'il m'arrive quelque chose. Et là encore, j'ai utilisé mon pouvoir de conviction. La femme de mon ami, Eliette, n'en a jamais rien su, sur la recommandation d'Ancel de ne pas l'exposer à un quelconque danger.

Les semaines suivantes, j'ai expliqué en détail à ma femme Monik ce qu'il fallait faire et ne pas faire avec la machine une fois qu'elle était allumée ou, comme je l'appelais, (Strahl Zeit) (faisceau temporel). Au départ, j'avais prévu de ne faire le voyage que dans le passé. Il fallait que quelqu'un dans la ligne temporelle actuelle éteigne la machine pour qu'elle ne consomme pas toute l'énergie de la batterie une fois que j'aurais traversé, et qu'à un moment donné, elle soit rallumée pour que je puisse revenir en arrière. Mais, à un moment donné, Ancel m'a convaincu qu'il était trop dangereux d'y aller seul, au moins avec sa compagnie nous réduirions les risques, c'est pourquoi j'ai tout raconté à ma femme, car c'est elle qui nous permettrait de revenir, mais c'était aussi un danger de laisser quelqu'un d'inexpérimenté devant tout cet enchevêtrement. Je continuerais à jouer au gré de mes envies.

Le 5 juillet 1952, pendant mes vacances d'été, j'ai tout préparé pour réaliser cet exploit : voyager dans le temps. La première chose que j'ai faite a été de louer un chalet la veille, près du village de Lubbe, plus précisément dans une partie de la forêt de la Spree où il y avait de l'électricité à proximité.

Il était 6 heures du matin à Berlin lorsque nous nous sommes mis en route... quelques heures plus tard, nous étions arrivés. Nous avons déjeuné à proximité, puis nous nous sommes enfoncés dans la forêt. Cette journée a été placée sous le signe de la nature, du plaisir de ces vues splendides et des montagnes couvertes de toutes sortes de végétation.

Chapter 8

Le 7 juillet 1952 a été le jour le plus excitant de ma vie, presque comparable à celui où j'ai volé la machine. Il était cinq heures de l'après-midi, mais il n'y avait personne dans la zone de la forêt où se trouve la cabane. Les maisons les plus proches se trouvaient à 1,5 km et étaient obstruées par des pins, ce qui était parfait pour nos plans étranges. La longueur des cabanes était de trente mètres sur cinq mètres de large, la distance idéale pour installer la poutre et l'étrave. Je me souviens que l'endroit était vide d'objets car nous avions tout enlevé, je voulais qu'il soit libre de tout obstacle. Nous avons recouvert les fenêtres d'un tissu noir et nous avons commencé à monter la porte cintrée, puis nous l'avons mise debout et nous l'avons fixée au sol avec les deux gros aimants, évidemment à l'aide de quelques grosses vis.

Un câble électrique épais a été connecté à la poutre pour allumer le panneau de contrôle et la carte analogique, nous avons également mis une base métallique pour qu'elle soit ferme et ne provoque rien d'anormal puisque nous n'avions pas de base hydraulique. Une fois stabilisé, nous avons connecté le câble d'arc à la poutre, qui était le système de capteurs qui nous permettait de transmettre des impulsions électriques et de maintenir le flux. Les poteaux électriques dont nous avions besoin se trouvaient à quatre cents mètres sur la route et nous avons donc réussi à nous connecter au pylône électrique à l'aide de plusieurs extensions. Notre excitation a été anéantie lorsque nous sommes revenus et que nous avons vu le tableau analogique allumé et tous les capteurs allumés.

Le bruit des éoliennes me rappelait le passé, mais l'heure n'était pas à la sensiblerie. Après avoir tout vérifié soigneusement, plan en main, nous avons entrepris de reporter les coordonnées sur le tableau : latitude, date et degré, pour figurer quelque part dans ce que nous croyions d'après toutes nos recherches : Noé a vécu et donc ceux qui nous intéressent : les **néphilims** ou ses parents, les déchus.

Le premier test pour voir si on pouvait trouver une date dans le passé. Il était 18 heures, Ancel a mis le feu, ce qui se faisait avec un levier qui activait tout, puis 15 secondes se sont écoulées avec un son électrique qui était le point culminant de tout. Nous avons reculé de 10 mètres, ce qui était le protocole de sécurité, et il en est ressorti ce qu'Ancel et moi avions déjà vu. Un concentré d'énergie plasmatique négative presque invisible a traversé tout l'arc et a commencé à créer un vortex dans le néant, et a culminé après environ 60 secondes, une forme verticale rougeâtre électrique avec un grossissement a été la perception quand je l'ai vu, c'est le maximum que je puisse décrire l'entrée.

La date que nous avons placée est 9 500 ans avant Jésus-Christ. Une chose importante à ajouter est que le vortex ne peut rester ouvert que pendant un maximum de 5 minutes, faute de quoi il s'épuiserait et se refermerait. J'avais déjà vu la traversée de matériaux dans le passé, mais je n'en avais jamais fait l'expérience. J'ai ressenti une poussée d'adrénaline, des picotements dans les mains et une certaine anxiété, mais je voulais le faire... J'ai embrassé mon Monik bien-aimé et j'ai marché tout droit vers la porte temporelle, juste à côté de l'endroit où l'énergie du faisceau a frappé l'arche : et j'ai traversé.

Je peux décrire la sensation que l'on éprouve en touchant cela et en remontant le temps ; c'est comme si l'on était emporté par le courant d'une rivière calme, on perçoit une sérénité incroyable, il est difficile de trouver des mots pour la décrire, il n'y a pas de bruit là-dedans pendant que l'on est remorqué vers le point B. Dans le laps de temps qui sépare la réalité actuelle du passé, j'ai calculé environ trois secondes (**mais nous savons bien que le temps n'existe pas là-bas**) tandis que, quelque peu étourdi, je m'extirpais de cette extrémité. Quand je me suis redressé, j'ai attendu Ancel et j'ai regardé autour de moi : rien, rien n'était là que des montagnes et du sable.

Nous avons marché dans toutes les directions sans perdre les drapeaux du point de départ indiquant le chemin du retour, nos pistolets Walther P38 en main nous ne les avons jamais rangés. Nous avons marché pendant cinq heures et sommes revenus au point de départ. Il y a 9500 ans et il n'y avait rien... d'après la source consultée, il devait y avoir une colonie à cet endroit, mais rien. Et nous étions là, à attendre que ma femme remette tout en marche. Les minutes passaient et nos craintes grandissaient... tout près, nous entendions des bruits d'animaux sauvages, ce n'était pas une zone boisée, mais il y avait une grande plaine d'arbres idéale pour la chasse à l'affût. Je me souviens qu'il était six heures lorsque nous avons franchi l'heure, mais de ce côté-ci, il s'est écoulé six heures avant que Monik n'ouvre le portail. Au terme d'une longue agonie d'appréhensions, le vortex identique de l'autre côté s'est ouvert et, sans réfléchir, nous avons sauté tous les deux en même temps.

Je ne saurais dire ce que nous aurions trouvé si nous nous étions promenés en 9500 avant J.-C., mais la peur de l'inconnu nous a arrêtés. Selon les conjectures du deuxième livre, la date à laquelle ces géants ont vécu était 9000.

Il était 23 heures lorsque nous sommes revenus dans le présent, dans le passé c'était encore le soir.

Le lendemain, après avoir félicité ma femme pour son excellent travail, nous sommes repartis pour une nouvelle tentative. Cette fois-ci, nous l'avons fait à quatre heures de l'après-midi, avec la même procédure que la veille, et nous avons traversé la toile de l'espace.

Après avoir marché environ cinq cents mètres, nous avons eu la surprise de trouver un campement au pied de montagnes apparemment abandonnées et d'une ancienneté évidente, les restes d'un campement humain assez important, je pense d'environ trois cents mètres de long, avec des huttes ovales en bois et en paille et des outils primitifs encore accrochés là. Évidemment, nous n'avons pas traversé tout l'endroit par peur... lorsque nous avons vu des squelettes d'animaux, nous sommes revenus au point initial, au sommet d'une colline, et là, nous avons observé les environs, et rien non plus.

Nous nous demandions à quelle région appartenaient cette époque et cet endroit, car il n'y avait aucune trace d'humains, et encore moins de géants. J'ai regardé ma montre accrochée à ma poitrine, elle indiquait 9h33, il était encore tôt, mais le soleil était à son apogée, tellement brûlant que nous avons décidé de nous reposer un peu et de continuer plus tard. Je ne voulais pas brûler ce deuxième voyage en vain, car je savais que seule la batterie d'alimentation pouvait nous permettre un voyage supplémentaire. De 10 heures à 17 heures, nous avons parcouru montagnes et vallées et n'avons rien trouvé, absolument rien, ni de près ni de loin, alors nous nous sommes dépêchés de rentrer à l'heure convenue pour que Monik ouvre à nouveau le portail et que nous revenions.

Trois jours après le début de cette aventure et quelque peu démoralisés par les deux tentatives ratées, nous avons décidé de passer toute la journée dans une petite bibliothèque du village de Lubbe à la recherche de l'indice le plus proche de la date de l'inondation et de son emplacement, et de ne pas échouer dans notre dernière chance.

Chapter 9

Je l'ai saisi avec force et c'était effectivement ce que je croyais, toutes les générations bibliques et les cartes selon l'auteur, et lorsque j'ai fini de feuilleter quelque vingt-cinq pages, la date bénie est apparue : il y a 7100 ans et, selon l'auteur, Noé a probablement vécu près de l'Euphrate et du Tigre au nord de la Mésopotamie, donc avec ces données, nous n'allions pas jouer avec elles. A l'aide de ce compendium, nous avons tracé les coordonnées sur le tableau lumineux et ensuite la date.

Sur le chemin de la forêt, j'ai dit à ma femme qu'une fois que nous aurions traversé, je n'ouvrirais le vortex qu'une fois les 36 heures écoulées de ce côté (ce qui, à l'heure actuelle, serait deux fois plus long), c'était beaucoup je sais, mais c'était la dernière fois que je le faisais, et d'une certaine manière, je me sentais comme un enfant ; je voulais le voir quoi qu'il arrive, même s'il s'agissait d'un banal caprice.

À 6 heures du matin, le 12 juillet 1952, nous avons traversé le temps pour la dernière fois, la première respiration de ce côté a été une catharsis, je me suis senti beaucoup mieux en regardant à trois cents mètres à peine le célèbre fleuve Euphrate et son puissant courant, et plus heureux quand Ancel m'a averti de la présence de vastes champs à l'est, d'orge, de palmiers et de figuiers. De l'autre côté du fleuve s'étendait une grande forêt de cyprès et de genévriers.

Nous avons passé environ 35 minutes à guetter les mouvements humains derrière une montagne et, alors que nous étions sur le point de sortir dans le champ ouvert, nous avons été alertés par des mugissements : un troupeau de moutons traversait les eaux basses de l'Euphrate et était conduit par cinq bergers robustes vêtus pour l'époque de longues jupes et de peaux de bêtes croisées sans manches, avec de petites lances en bois.

Nous avons ressenti un vague mélange d'adrénaline, de peur et de joie, je ne trouve pas de mots, la seule chose dont je me souvienne, c'est que nous ne voulions pas communiquer, mais leur langue ressemblait beaucoup au sarde sicilien ou peut-être à la langue sumérienne.

Avant de partir à la recherche du village ou du campement par le même chemin que ces hommes, nous avons vérifié tout ce que nous avions dans nos sacs à dos, et au cas où nous devrions courir fort, nous avons sorti nos pistolets et les avons mis à notre ceinture... nous avons suivi la même direction que ces bergers, mais après environ vingt-cinq minutes, nous sommes tombés nez à nez avec un homme qui leur ressemblait, et il a eu peur de nous et a rebroussé chemin, paniqué.

Sur cette route poussiéreuse, sans essayer de l'arrêter, nous avons eu peur nous aussi et nous avons pensé qu'il viendrait avec beaucoup d'autres, alors nous avons commencé à courir hors de la route, en bas de la colline dans les collines. Là, nous nous sommes accroupis pendant une heure sur une colline au cas où quelqu'un viendrait, mais personne n'est revenu, alors nous avons continué à traverser cette montagne de cèdres, et quand nous étions sur le point de descendre pour la passer de l'autre côté, un village démoniaque nous a arrêtés, je ne peux pas trouver d'autre qualification pour mon argud culturel. Ancel s'est immédiatement étendu et je l'ai suivi ; c'étaient des géants, nous avions rencontré les mythiques **néphilims** de la Bible, et la plupart d'entre eux mesuraient au moins trois mètres et demi, mais il y avait des exceptions allant jusqu'à 4 et 5 mètres.

Pour vous donner une idée, je vais essayer de décrire ce que j'ai vu aussi fidèlement que mes sens le permettent... du haut de la montagne en contrebas, le village ne faisait pas plus de huit cents mètres d'un côté à l'autre. Il y avait de petites rues et de nombreuses maisons rondes, dont beaucoup étaient couvertes de palmiers et bordées de cuir et de quelque chose qui ressemblait à de la peinture orange, peut-être pour empêcher l'humidité de pénétrer.

Il y avait aussi beaucoup de petites personnes, mais elles étaient traitées comme des esclaves par ces bêtes... nous avons assisté, terrifiés, à de multiples reprises, à la façon dont les petits humains ne dépassant pas 1,60 mètre étaient transpercés avec des outils en fer tranchants. En me retrouvant dans cet endroit, j'ai compris que c'était très dangereux... en voyant ces scènes, j'ai ressenti une froideur qui m'a immobilisé pendant quelques instants.

Nous nous sommes déplacés le long du flanc de la montagne pour avoir une vue plus proche, et wow, quel spectacle nous avons eu, à une distance d'environ deux cents mètres, nous avons vu le folklore dans sa plénitude. La plupart des néphilims, si ce n'est tous, avaient les cheveux roux et la peau blanche avec des taches de rousseur. Leurs traits m'ont surpris ; ils étaient très beaux malgré leur apparence sombre en raison de leur corpulence, leur beauté était saisissante.

En général, ils portaient tous une courte barbe, ce qui était inhabituel pour les humains que nous avons vus, car leur barbe était abondante. Les vêtements de ces géants étaient en cuir, sans rien pour couvrir leurs pectoraux musclés, une sorte de jupe légère qui leur couvrait les cuisses jusqu'aux genoux. Autre caractéristique importante, leurs voix étaient puissantes et résonnaient à mes oreilles lorsqu'ils criaient.

Après quelques heures sans assister à une mort violente et dans un calme relatif, mon cœur ralentit et je me concentrai davantage sur l'appréciation de ce que je ne verrais plus jamais. Il était deux heures de l'après-midi lorsque du côté ouest arrivèrent cinq géants traînant une vingtaine de femmes pieds et poings liés, je sentis un feu intérieur me poussant à leur venir en aide, mais Ancel m'arrêta l'épaule et m'empêcha de me lever et de me baisser... ils descendirent toute une rue, le cri de douleur de ces femmes était évident... parfois les grandes maisons des néphilims nous empêchaient d'observer tout en détail.

Chapter 10

Une chose que je peux confirmer et qui a profondément attiré mon attention, c'est que je n'ai vu aucune femme néphilim, c'est pourquoi j'en ai déduit que ces géants volaient des femmes dans les villages d'hommes normaux, pour copuler et faire ressortir leurs plus bas instincts.

Vers 4 heures de l'après-midi, nous étions déjà avancés dans la visite d'une grande partie de ce village, et alors quelque chose nous a dérangés, oui ! De l'une des constructions les plus grandes, pour ainsi dire, les plus élaborées, les plus luxueuses, sortirent trois individus très différents de tous les autres, vêtus de robes noires et d'amples vêtements qui descendaient jusqu'aux chevilles, une sorte de vêtement noir brillant, et lorsqu'ils se présentèrent devant un groupe de néphilims, ces derniers s'inclinèrent, évidemment, cette action indiquait que ces hommes de taille moyenne et d'une beauté sans pareille étaient les soi-disant veilleurs ou anges déchus, qui se fabriquaient des corps et pouvaient cohabiter dans la chair.

En un instant, nous avons ressenti une peur incontrôlable et nous avons cessé de regarder, même si j'étais un athée convaincu, je savais qu'il ne s'agissait pas d'un rêve banal, mais d'une réalité. Par conséquent, ces créatures, d'où qu'elles viennent, avaient des pouvoirs et nous craignions qu'elles ne nous découvrent. Je ne sais pas combien de minutes nous avons passé la tête au sol, à attendre que ces démons s'en aillent. Nous avons attendu et attendu jusqu'à ce que, dans un élan de bravoure, nous relevions la tête et que les rues semblent à nouveau vides, nous ne savions plus où se trouvaient ces femmes ligotées.

À 5 heures de l'après-midi, le soleil était sur le point de se coucher à l'ouest, ce qui indiquait qu'il était temps de se mettre à l'abri. C'est alors que, regardant autour de nous, nous nous sommes dirigés vers l'autre montagne, plus abrupte, pour nous reposer. Il y a eu des moments de faiblesse, j'ai déjà regretté d'avoir dit 36 heures, c'était un danger d'être là à cette époque de l'année. Mais la bravoure réjouissante d'Ancel m'a calmé. Nous apportons des armes, si quelqu'un pense à nous faire du mal, nous l'abattons", m'a-t-il dit, "mais nous ne voulions pas nous retrouver dans une situation de cette ampleur". Pendant les quelques heures qui ont suivi, nous avons évité d'allumer des feux en raison de la proximité relative et du risque d'alerter les intrus. Lampe à la main et sous des arbres feuillus, nous avons mangé des conserves pour le dîner.

Mais quelle nuit nous avons eue... nous avons failli geler à cause des températures élevées que nous n'avions pas prévues. Ce qui nous a sauvés, ce sont les sacs à dos sous nos pulls que nous avons utilisés comme isolant.

Dans l'obscurité du petit matin, nous avons été réveillés par des cris terrifiés provenant du village de la veille. Lorsque nous sommes retournés au même endroit pour voir ce qui se passait, nous avons été témoins du pire : un groupe de familles égorgées et certaines de ces bêtes remplissaient des coupes de sang en balançant en l'air un corps profondément blessé à la tête, avant de lui ôter la vie l'un après l'autre.

Ces scènes d'agonie étaient les pires que j'ai jamais vues, lorsque je tournais mon regard un peu sur le côté, je tremblais de voir un de ces néphilims qui portait comme une grappe de raisin 5 filles entre 5 et 7 ans, elles pleuraient face contre terre pendant que cet être de trois mètres les portait d'une seule main, quatre autres étaient proches, pendant qu'ils riaient et buvaient du sang…. J'ai ressenti une rage électrisante qui m'a traversé les entrailles, j'ai pris mon pistolet P38 et j'ai dit à mon ami de repartir, que cela ne me dérangeait pas de périr là, mais que je ne tolèrerais pas cette injustice, Ancel a essayé de me retenir, mais je lui ai redit de partir et qu'il attendrait le coucher du soleil caché près de l'endroit où le vortex s'ouvrirait. La discussion n'a pas duré plus d'une minute et il m'a dit qu'il m'accompagnerait quand même.

Sur le point d'agir et de courir vers eux, quelque chose a arrêté ces géants et notre tentative… du ciel, oui, du ciel, au bas du chemin de terre, sont descendues environ six ombres confuses, mais peu à peu elles sont devenues plus claires à mesure qu'elles se rapprochaient : c'étaient les soi-disant Anges, clairement ces entités volaient sans ailes et venaient du ciel, je n'ai pas vu d'objet technologique qui aurait pu les aider à faire cela. Ils se sont approchés de ces géants et je ne sais pas ce qu'ils ont communiqué, mais ils ont renoncé à tuer les petits.

Ces filles me rappelaient les miennes, et leur sort incertain me faisait mal au cœur. À ce moment-là, j'ai regretté d'avoir été témoin de la cruauté de ces entités. J'aurais préféré ne jamais y penser.

Je n'arrivais pas à oublier ce qui était arrivé à ces créatures sans défense. Le village ne comptait que deux rues d'environ 500 mètres de long et au milieu de l'une d'entre elles se trouvait un groupe de grandes habitations. Nous ne pouvions pas attendre la tombée de la nuit, car le délai de 36 heures pour le retour était fixé à 18 heures, et nous n'aurions pas le temps d'arriver de nuit.

Moralement, je me sentais brisé, utiliser la machine à voyager dans le temps pour un caprice et regarder des scènes de ce genre m'ont fait me sentir comme le pire des hommes.

J'ai dit à Ancel que j'allais sauver les filles, que s'il voulait venir avec moi, ce serait sa décision ; il a accepté.

Il n'y avait personne, juste un lit géant de pierre, de paille, d'objets en bois et d'outils en bronze et en fer. Lorsque nous avons regardé dans la rue, nous n'avons vu personne arriver non plus. Notre respiration accélérée rendait tout plus difficile, nos mains tremblaient avec le pistolet en main, nous avions un chargeur d'une quinzaine de coups chacun, au moins cela nous donnait confiance, mais si nous rencontrions ces créatures que la Bible appelle des justiciers, que ferions-nous, pourraient-ils sentir le feu d'une balle, c'était une question sans réponse que je me posais, mais nous devions traverser la rue. En sortant la tête de derrière quelques cabanes, au bas de la route, les mêmes corps que ceux que nous avions vus du haut de la colline escarpée étaient empilés sans vie, et il s'agissait de femmes et d'hommes ordinaires de l'époque, sauvagement assassinés, peut-être avaient-ils été chassés quelque part dans les environs.

Chapter 12

À un moment donné, j'ai senti la voix intérieure de la patience me dire de le faire maintenant, et c'est ce que j'ai fait, je suis parti avec élan, traversant cette rue primitive de 7100 avant J.-C. avec un pistolet pointé sur toute cible qui apparaissait, Ancel dans mon dos faisant de même. C. avec un pistolet pointé sur n'importe quelle cible qui apparaissait, Ancel dans mon dos faisant de même.

Qui imaginerait un couple d'hommes, anciens sympathisants du Troisième Reich à l'époque et habillés de façon moderne, dans une avenue antédiluvienne. Avant de franchir cette porte qui ressemblait à un rideau de peau d'âne, je me suis arrêté parce que nous entendions des bruits et nous nous sommes cachés dans quelque chose que je ne sais pas comment décrire ; comme de grands cubes en bois où il y avait de l'eau, les murs, si on peut les appeler ainsi, étaient une sorte de bambou, très empilés les uns sur les autres, il n'y avait pas moyen de se faufiler dehors comme la fois précédente, mais là encore, nous avons entendu ce langage étrange entre ces êtres.

En nous faufilant à travers d'immenses demeures, cachées parmi leurs énormes objets quotidiens, nous avons entendu les cris vacillants des filles, c'était l'une des plus grandes maisons de l'endroit, nous ne pouvions toujours pas nous faufiler sous les murs latéraux, cependant, nous avons réussi à trouver une minuscule ouverture qui nous a montré l'horreur, deux d'entre elles avaient déjà été tuées. Dans cette pièce monumentale, deux néphilims dégénérés mangeaient une partie des corps, assis sur des rondins de bois qui leur servaient de chaises.

Attachées avec des bandes d'écorce d'arbre, les filles poussaient de petits cris mous, nous ne pouvions pas vraiment les regarder, mais nous savions que c'était elles.

Nous avons attendu une heure en nous glissant sous d'énormes monticules de paille géante, que ces êtres avaient, peut-être pour nourrir leurs animaux. Au bout de ce temps, ils sont sortis et se sont perdus dans le lointain. Le simple fait de voir ces individus de près était vraiment effrayant. Sans perdre de temps, nous avons traversé le chaume, le plafond de cinq mètres de haut nous a fait sentir minuscule, tout était illogique en termes de taille.

À quelques mètres de là, nous avons repéré celles qui étaient encore en vie et, à l'aide d'un couteau qui se trouvait là et qui était pour moi une énorme épée de fer, nous avons coupé l'écorce et sommes partis avec les filles, en traversant la petite rue à la verticale et en remontant à toute vitesse la colline que nous avions descendue. Mais quelques mètres avant de nous perdre de vue, une voix sinistre nous a paralysés pendant une seconde, et en me retournant je ne savais pas d'où elle venait, mais quelqu'un nous avait vus et c'était l'un des néphilims. J'ai immédiatement fait signe aux filles de courir à toute vitesse vers la montagne au-dessus, ils venaient pour nous, c'est certain.

J'ai été stupéfait par la rapidité de ces filles à leur jeune âge, nous avions du mal à les suivre et, pendant deux heures, nous nous sommes perdus dans les profondeurs de cette forêt de cyprès. À un moment incertain de cette odyssée, un tumulte de voix dures dans la descente nous a remis en alerte.

La couleur saphir des yeux de ces petites filles a fortement attiré notre attention. Elles avaient un profil caucasien oriental, leurs cheveux brillaient comme la lumière du soleil, mais je voulais savoir d'où elles venaient. J'ai essayé de communiquer par signes, mais seules deux d'entre elles ont indiqué l'ouest. Nous avons donc pensé que quelque part dans ces montagnes au loin se trouvait un village auquel elles appartenaient.

Avec huit heures pour revenir au point près de l'Euphrate, nous avons décidé de ramener ces petits à leur lieu d'origine, mais à nouveau ces voix monstrueuses se sont rapprochées de plus en plus.

Nous avons décidé de faire le tour de ces plaines et petit à petit, les bruits s'éloignaient de plus en plus. Vers 12 heures, l'une des filles les plus âgées, huit ans je crois, a pointé du doigt une colline de grosses pierres et de figuiers, et nous nous y sommes rendus, et effectivement nous avons découvert un autre village, mais très différent, beaucoup plus petit et avec des huttes étroites, il s'agissait d'humains semble-t-il. Deux des filles nous ont précédés, ce qui signifiait que leurs parents étaient là. La plus jeune ne montra aucune émotion en les suivant.

Mais nous devions trouver sa famille, afin de pouvoir partir en paix. Avant que nous ne mettions le pied dans cet endroit, un groupe d'hommes nous a entourés, je ne sais pas le nombre total, mais ils étaient des dizaines et ils étaient armés, sur le point de leur tirer dessus, les deux filles se sont approchées de nous en parlant dans cette langue étrange à leurs parents apparents, quelques millisecondes avant de nous attaquer ils ont baissé leurs armes primitives et avec certains cris rituels ils nous ont offert de la nourriture et une sorte de gâteau d'orge avec du miel.

Je ne sais pas si c'était le chef de tribu ou le rôle qu'il jouait qui essayait de nous dire quelque chose, peut-être voulait-il nous remercier, mais grâce à son hospitalité et à la nourriture qu'il nous a donnée, nous ne représentions aucune menace, au contraire, nous avons été traités comme des amis, grâce à l'intervention opportune des filles.

Lorsque nous avons fait signe que la petite fille pouvait rester là, cet homme mince en robe de fourrure et à la barbe bien fournie a secoué la tête en disant que cette petite fille n'était pas d'ici, du moins c'est ce que j'ai compris, et d'autres villageois aussi.

Nous étions désespérés car le temps était compté, mais je ne pouvais pas abandonner ce petit ange à son sort. Au bout d'une heure et sans résultat, j'ai pris une décision difficile : l'emmener avec moi dans le présent. Je ne pouvais pas faire plus, si je l'abandonnais à son sort, elle mourrait ou serait capturée par ces bêtes.

À en juger par l'apparence du village humain, les récents ravages causés par les forces néphilims ou un clan ennemi étaient visibles.

Ce que je n'ai pas vu dans toute cette plaine montagneuse de plusieurs dizaines de kilomètres, c'est un signe de la fameuse arche de Noé, peut-être qu'elle était loin de là ou qu'elle n'avait pas encore eu lieu.

La respiration laborieuse, nous avancions en portant l'enfant sur le dos, tout au long du chemin, nous ressentions une étrange peur de l'inconscient, comme si nous étions traqués par ces démons colossaux dans les sous-bois.

Chapter 13

Il était 16 heures lorsque, de l'autre côté de l'Euphrate, à un kilomètre de là, nous avons de nouveau aperçu une poignée de néphilims copulant avec des femmes normales, ce qui n'était pas courant, du moins dans le village. J'en ai déduit que ces individus, bien que sauvages, avaient des unions conjugales stables avec une poignée de femmes, mais qu'ils attaquaient, volaient et violaient également les villages voisins pour s'emparer des femelles.

Par déduction, je n'ai jamais pu dire si ces hybrides pouvaient avoir des enfants, ou si c'était juste une capacité des anges déchus, étrange qu'il n'y ait pas de femmes géantes. La plupart des belles femmes que nous avons vues avaient la taille d'une cuisse et étaient de simples humaines.

Les deux seuls villages que nous avons trouvés se trouvaient à 15 km au maximum. J'aurais aimé en trouver davantage, mais qu'importait maintenant, notre vie à ce moment-là dépendait de ce groupe de géants forniquant à 200 mètres en ligne droite de l'endroit où le vortex s'ouvrirait pour s'en retirer.

Et c'est ce qui s'est passé, trente minutes plus tard, ils étaient partis au village et nous laissaient respirer en paix. Une heure avant notre traversée, le bruit des titans qui nous avaient poursuivis le matin est réapparu et descendait la pente vers l'Euphrate, mais du côté opposé à celui où nous nous trouvions.

Une scène digne d'être photographiée s'est déroulée lorsqu'une vingtaine de Goliaths se sont approchés de nous pour nous demander un verre d'eau, car nous étions manifestement en train de mourir d'angoisse.

Ils étaient allongés au bord de la rivière, l'air épuisé et affamé, apparemment ils avaient passé la majeure partie de la journée à nous chercher, ils avaient l'air très territoriaux et ne bougeraient donc pas d'ici pendant un long moment.

L'inquiétude commença à nous ronger les tripes : que se passerait-il si ces démons ne bougeaient pas d'ici ? Que se passerait-il si le vortex temporel s'ouvrait et que nous ne parvenions pas à le traverser ? Nous serions piégés à jamais. C'est un désespoir angoissant qui m'a donné des sueurs froides alors qu'il restait à peine 20 minutes avant 18 heures.

A dix minutes de l'échéance, Ancel me dit d'une voix ferme : "qu'il n'y avait pas d'autre moyen que de courir avec nos fusils dans leur direction quand la porte temporaire s'ouvrirait". C'était du suicide, mais pour la petite fille, je le ferais.

Comme mon ami avait plus de condition physique que moi malgré ses cinq ans de plus, il portait le petit dans ses bras et je tirais pendant que nous traversions l'Euphrate qui nous arrivait à la taille. Et c'est ainsi qu'à 18h00, à 30 mètres derrière ces abominations, s'est ouvert ce que nous attendions depuis longtemps : le vortex, notre billet de retour.

Nous étions à 300 mètres et nous avons avancé en traversant vers l'aval. Ils ne nous ont vus que lorsque nous étions sur le point de partir, et c'est alors que leurs regards lourds et meurtriers se sont posés sur nous. Certains d'entre eux ont jeté un coup d'œil au vortex, sans s'y intéresser, puis ils se sont précipités sur nous. Nous avons été paralysés un instant, mais notre courage est revenu. Nous avons pointé nos pistolets en même temps et avons commencé à les faire exploser lorsque les premiers géants étaient à moins de quarante mètres.

Malgré leur monstruosité ils restaient vulnérables comme tous les humains aux balles, nous avons touché quatre néphilims au visage et ils sont tombés, après vingt-cinq tirs les autres blessés se sont lâchement enfuis vers le village. A ce moment là, j'ai été submergé de bonheur et nous avons couru vers le vortex avant qu'il ne se referme. D'ailleurs, ces grands gaillards allaient venir avec leurs parents angéliques, sûrement immunisés contre les projectiles.

Nous avons couru aussi fort que possible et avons réussi à atteindre l'ouverture quelques secondes avant qu'elle ne s'effondre. Vous ne pouvez pas savoir à quel point Monik a reçu de l'amour. Nous étions toutes les deux heureuses, ravies de pouvoir rentrer à la maison. Lorsqu'elle m'a posé des questions sur la fille, je lui ai dit toute la vérité, Monik l'a gentiment acceptée et, quelques mois plus tard, nous avons réussi à l'adopter comme notre fille.

Au début, j'ai regretté d'avoir fait ce voyage enfantin, mais maintenant, en regardant en arrière et après avoir sauvé ces vies innocentes, et bien plus encore, j'ai rencontré une nouvelle fille : ma petite Malha, je t'aime de la même manière que j'aime mes deux filles de sang, pour moi tu as été et tu seras toujours ma petite Malha, la fille que j'ai ramenée du passé.

Quelques mois après avoir dit à mon ami que je cacherais la machine pour toujours, il m'a dit "qu'il essaierait de voyager dans les années où son père était encore en vie". Je lui ai dit "qu'il y avait peu ou pas d'énergie". "Il m'a dit qu'il prendrait le risque. Et c'est ainsi que le 3 décembre 1952, Ancel a réussi à remonter jusqu'en 1920, mais lorsque nous avons voulu le rallumer, il ne s'est jamais rallumé. Ancel, mon meilleur ami dans la vie, était coincé en 1920. Parfois, je me sens coupable de l'avoir déterré de

Pologne, mais en fin de compte, c'est ce qu'il voulait et je respecte cela.

La machine à voyager dans le temps a été enterrée par mon père quelque part en Allemagne de l'Est, et je ne suis pas cette petite fille ramenée du passé ; je sais, je répète, je ne sais pas où se trouve la machine à voyager dans le temps.

J'aimais mon père autant qu'il m'aimait, je ne me souviens pas beaucoup de mes années passées, mais je fais encore des cauchemars à propos de ces géants qui ont tué mes parents biologiques. Ma sœur et moi avons pris notre courage à deux mains et avons voulu raconter cette histoire, peut-être qu'elle sera prise pour un mensonge, mais peu importe, mon père a toujours voulu que ses souvenirs soient racontés à sa mort, en évitant de donner nos vraies identités pour des raisons de sécurité, peut-être que dans un futur proche je pourrai vous montrer une grande partie des documents qui contiennent le grand projet (**Zeitwürfel**).

L'artifice du temps est toujours recherché par une petite minorité, spécialement créée pour survivre, que le Führer ait existé ou non.

Chapter 14

Un couple de gouvernements l'a apparemment découvert et a commencé à le rechercher en 1960, mais ils ne pourront jamais le trouver, parce que ma sœur et moi avons caché les documents qui indiquent son emplacement et, même par curiosité, nous n'avons pas ouvert l'enveloppe que papa a scellée avant de mourir le 12 mars 1965.

Nous sommes conscients que si cette arme tombait entre les mains d'un gouvernement en place, ce serait pratiquement la fin de tout.

www.ingramcontent.com/pod-product-compliance
Lightning Source LLC
Chambersburg PA
CBHW051132160726
47997CB00018B/1290